凹《へこ》みさがし。

雛子森

文芸社

時《トキ》が過ぎる。

ゆっくりと過ぎてゆく

音もたてずに
さようならも 言わずに
それでいて アナタは
たくさん うばい
たくさん 与える
何も言わずに
何も言わせずに
アナタは立ち止まることを
知らない
ただ過ぎてゆくだけ
重すぎる期待と失望

ものともせずに

おや
おや

君は ボクを 受け入れてくれるかな?
WELCOME!!

たばこのケムリムクムク
たちのぼる湯気はユラユラ
湧き上がる喚声ワラワラ
そしてしばしの静寂（モグモグ）

グラスを満たす酒コポコポ
高まる音楽に同調する声声声

エヘエヘ
ウヒウヒ
ヨロヨロ
⇩
ゲロゲロ（キャ〜）

NABE PARTY もした

グスン グスン
オロオロ
グーグーグーグー

そして朝がやってくる
たばこのケムリムクムク
失恋2週間後のmyバスデーパーティー
ラブラブ厳禁

見透かされたように
同情のまなざしを向けられました
そこで泣くのはくやしかったので
口もとがひきつる位に
笑ったこと覚えてます
私はとても鈍感なのだけど
アナタの その完璧な笑顔見るたび
イライラして殴りたくなるのです
アナタを 大声で泣かしてやりたく
なるのです

たとえばもし
アナタにしか見えない大切なモノが
そこにあるのなら
しばらく その近くにじっとしているのもいい
たくさんの人にナマケモノ呼ばわりされようとも

たとえばアナタが
形のないもの証明するため
時にまゆもつり上げてがんばっているのなら
私は守ろう
ふと見せる アナタの 自信のないきれいな笑顔さえも

たとえもし
アナタ何もかも見失って
涙さえも見せずうなだれたなら
私アナタの近くただじっとしていよう
たくさんの人にナマケモノ呼ばわりされようとも

So Don't worry
do it whatever
you want.

ネコ

抱きしめて
その体は
ただ小さくてフワワフワワ

突然 あばれだして
私の腕から飛び出した
君は
お腹がすいたら
また ゴロゴロ ノドをならして
上手に私の心
つかむのさ

告白

信じた
はじめて
きずなが
はじめて
見えた
遠ければ
遠いほど
切れないように
忘れないように
言った
はじめてのきもち

届いて
アナタは
泣いた

「いつかあの空へ行こう」
そう言った君を笑ったじゃり人こが
今 君を見上げて
ぽっかり口を開けたまんま
時に君のマネしてみたりしてる
そんな奴らを見下 ろしながら
君は満足気に笑い えくぼ

あの頃の君にえくぼはなくて
ただただ君は悲しくて
痛みや孤独を一人きり
思いきり
抱えこんで

自分をとりこにした
魅惑的に輝く星をうらみながらも
雨風に屈することなく
『見上げること』
その不器用な目標が
君をささえてきた
×月☺日 快晴☀☽
絶好の天体観測日和
ささやかな君の夢を叶える
旅立ちの夜となるでしょう

恋は2度とできない そう感じる恋の後にはもう3番目の恋が出番を待っていたりする 苦しまぎれについたウソが 本当に自分を苦しめる 伸ばし続けた髪をバッサリ切った方が妙にしっくりきたりする 自分の目指していた星にやっとたどり着いたら そいつは自分の力では輝けない情けない星だったりする 探しつづけていたステージの上に自分はもう立っていたりする きっと決められた答えや何が正しいのかなんて 誰も知らない・おわり

the end...

none title・・・

自分らしい生き方なんて 目を閉じてみると 意外と簡単に見つかってしまう時がある 救いの言葉を探し求める旅に出ようと重いリュックを背負った時 見送る人のかけた一言が実のところその旅の終着点だったりする 眠れない位悩み悩みぬいた その答えは窓の外で輝き始めている朝日の中にあったりする 大嫌いだと思った人の姿は意外と自分に似てたりする つらくて悔しくて流した涙の中にキラキラ光る未来の自分が映っていたりするこんな

昨日 空を とんでみた
当たりまえなんだけど
君の家の上 広がる空と
僕のアパートから見える空
それ やっぱり つながっていたよ

私が知っていてアナタが知らないこと

私の言葉聞いて
それでもまた
アナタ下らない
ルール守るとか言うなら
私 口うつしで飲みこませてやる
『オマエなんかにわかるもんか』
そう言う口ふさいで
注ぎこんでやる
そう それは
あふれる程の
アナタの愛しかた

3年2組のマコトくん

マコトくんはだめな子
おはしはグーでもつし
すぐにエンピツを食べる
どうしてもチーズが食べられないし
いつも口の内がわをかんでる
だけど水泳のとき
泳いでる姿は魚みたい

マコトくんは悪い子
すぐに女の子を泣かすし
給食着は今学期一度も
持って帰ってない
机にはわからない絵がいっぱい
書いてあって
上ばきのかかと つぶしてはいてる
だけど
坂本くんが一人ぼっちでいると
いつもドッチボールにさそうんだ

私はマコトくんが嫌い
いっつも
私の消しゴム使うんだもん
私のこと「ブス!」って
言うんだもん
それに それに
小池さんにだけ
やさしいんだもん!!

TO H FROM K

私にはきっと
君を体に宿して
伝えていかなければいけないことがある

君の見ることのなかった世界と
そこに息づく人々

生の起源を知らずして
きっと君の死は語れないから

だから私は 生きているのだと思う

NO. Wednesday
Date . 5.9

MOTHER

無償で守りぬくとは
一体全体何という奇跡
そんなアナタから生み落とされた私
なぜ見返りなど求め
信頼をうたがい
時に裏切るのか
私は私はこれから先
アナタみたいになれるでしょうか

NO. thursday
Date .5.10

そこに涙があったので
泣いてみようと思いました
そこにアナタがいたので
たよってみようとしました
ウソでかためられた自分に気付いて
それでもいいかとキレイに笑ってみせました

本当にウソつきだね
未来の私にまで
ウソを伝えようとしたの?
あの頃の私は
本当に悲しい涙を流して
今でもハッキリ思い出せる位
ステキな恋をしていたハズなのに
自分をだましてしまえる程.
私はあの頃きれいに笑えてはいなかった
アンタがそんなウマい女だったら
私の人生 きっと今よりもう少しつまんなかった

幸せな一日

ほんの数時間の眠りの後に
私は
私のためにおとされたテレビの音で
目覚めて
アナタに おはようと言った
日当たりの悪いアパートに
かろうじて差し込んだたいようが
アナタの右肩を照らしていた

窓の外には 春
バカみたいに青い空と
ウソのように暖かい風
二人はアパートを後にして
駅へとむかう
可能なかぎりゆっくりと
歩きながら

商店街にはひかえめに流れるBGM
川を泳ぐ誰かが逃がした二ひきの金魚
パン屋さんのにおいと
小学校のチャイムの音
全てが私にとって日常であり
アナタと過ごす非日常
別れぎわ　アナタが見つけた桜の木
アナタが見つけた私の日常

「花がちる前にもう一度会おうね」
そう言って
アナタは手をふりながら
アナタの日常へと戻ってゆく

さぁ帰ろう
今日も私の幸せな一日が始まる

ふる里夕やけ 小やけ

そろそろ行かなくちゃ

別にすることもないんだけど

待っている人もいないんだけど

だけどどうしても
僕のいるべき場所は
ココじゃないんだ

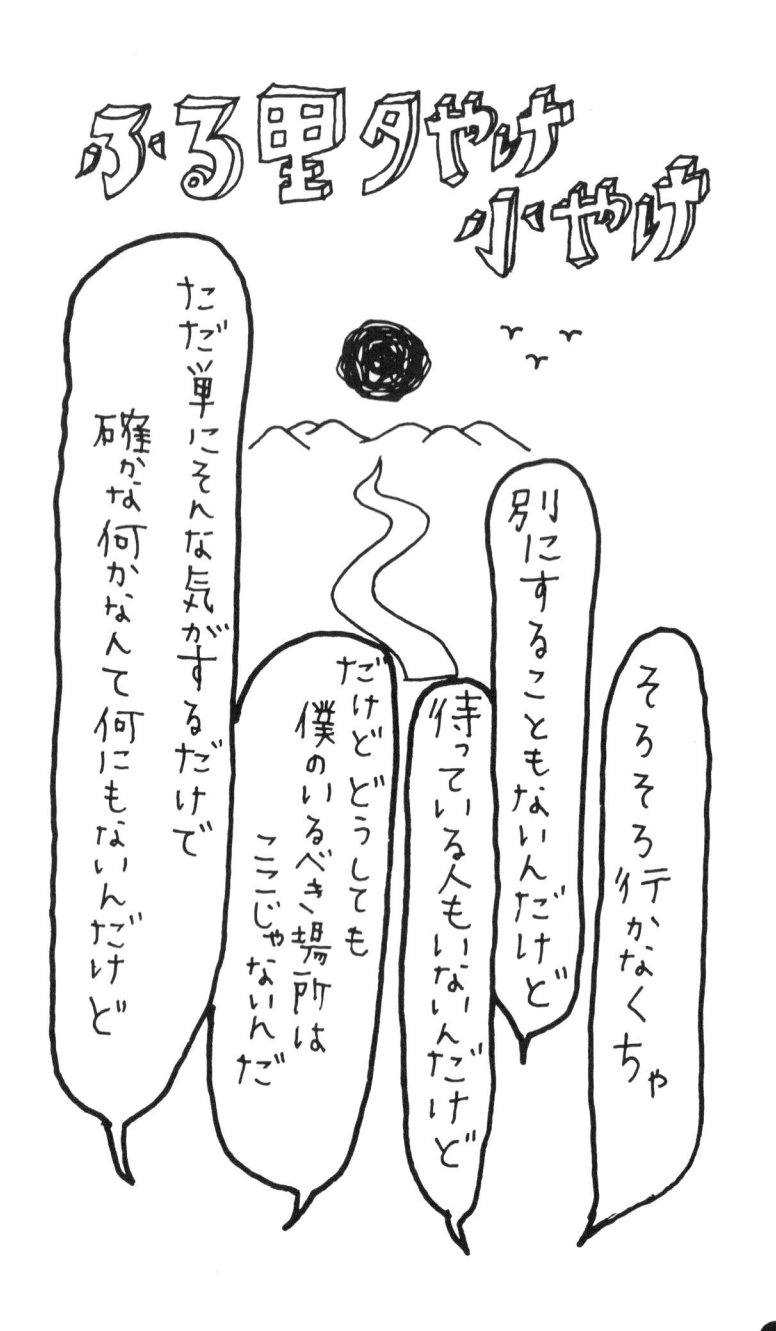

ただ単にそんな気がするだけで
確かな何かなんて何にもないんだけど

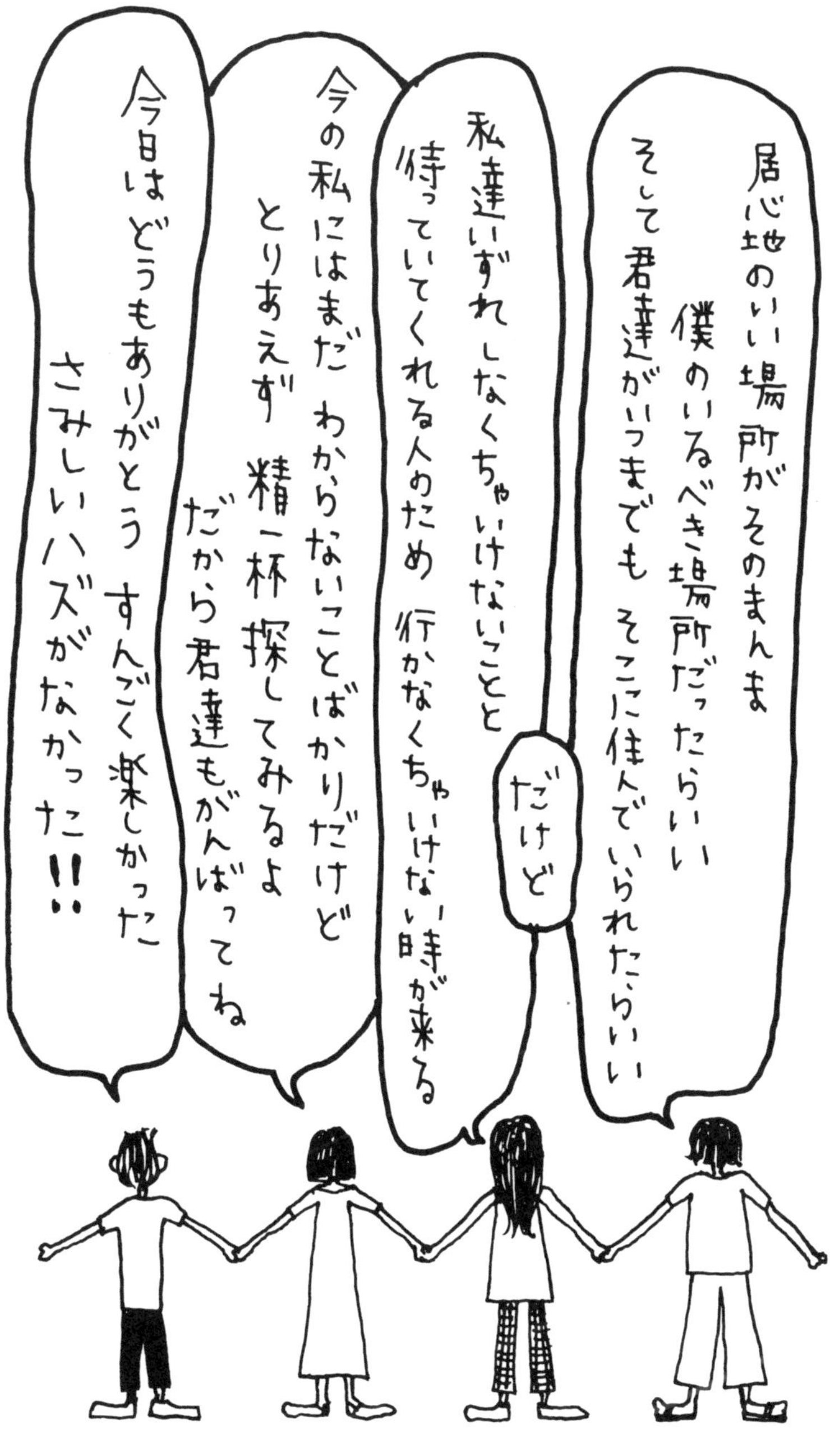
居心地のいい場所がそのまんま 僕のいるべき場所だったらいい そして君達がいつまでも そこに住んでいられたらいい
だけど
私達いずれ しなくちゃいけないことと 待っていてくれる人のため 行かなくちゃいけない時が来る
今の私にはまだ わからないことばかりだけど とりあえず 精一杯 探してみるよ だから君達もがんばってね
今日はどうもありがとう すんごく楽しかった さみしいハズがなかった!!

こんなにもシンプルな思い
抱えてるんだから
この気持ち
そっくりそのまんま
あの人に届けばいいのにな
どうして
ポッキリ折れたり
下手に曲《ま》がったり
してしまうんだろう

口と心が直接つながっていれば
私はもっとかわいい女だろうにな
どうしてこんな時に限って
脳ミソがフル回転したりして
まわりくどい言い回しとか
過去の(いやな)経験だとか
引っぱり出してくるんだろ

「好き」って
いいたいだけなのにね
ただそれだけなのにね

アナタに何か伝えようとすると
いつも途中で私はふぬけになって
不自然に笑ってしまう

多分それはきっと
アナタが私と同じ深さで
この世界を感じている証拠

だから今日も
私とアナタは
お互いの確信を
つくことなく
「何かいい感じ」の
話をしている

ややこしく言ってみた

アナタが
私が
アナタを
スキと
同じ位
スキな
アノコは
アナタを
アナタが
アノコを
スキと
思う
気持ちに
調和する
らしい

つまるところ

私は
アナタを
スキだけど
アナタは
アノコと
両思い!
たった
それだけのこと

「どうして？」
「なぜ」と向う
情けない君は永遠であり
「だから…」
いつもそう理論づける私は
一瞬にして忘れ去られる

彼は「孤独」が何であるかを
本当によく知っていた
それゆえ彼女に
寂しさをまぎらわすやり方を
教えたのだと思う
彼は彼女といると
よく笑った
そしてそれと同じ分だけ
黙って
どこか遠くを見ていることがあった

彼は
「どうして生きているんだろう」
とは言っていたけれど
「死にたい」
とは決して言わなかった
彼女は思う
多分人は時に
自分にはどうすることもできない
誰かに出会う
「知る」ことと「理解《わか》る」ことは
わずかに違う

無力さにイラ立つ自分に気付いて
彼女は彼を好きだと感じる

翌日 彼女は
とりあえず自分のために笑う彼と
とにかく"生きている"彼を
理解《わか》ることから始めた

それから数十年ののち
彼は死んだ シワだらけのおじいさんに
なって

病室のベッドの中
彼は
「どうして生きているんだろう」
とは言わなかったけど
「死にたい」
とも言わなかった
相変わらず
どこか遠くを見るそのクセは
変わらなかったけど
相変わらず よく笑っていたという

枕元、シワだらけになった彼女のために

店先に並ぶ旬の野菜を食べて
ガラス張りの冷えた部屋から
つぼみの閉じたバラを一輪買い求めました
移りゆく季節を早めたり遅らせたり
そんな私に呆れた空が
突然雨を降らせたので
私はまたもや

慌てて薬局の前
ビニール傘を買いました
かくして雨のしずくは嘘のように
透明な膜にはじかれて落ちていきます
「簡易な妨げに安らいで落ちくぼむな」
まるでそう言っているかのように
遠くに雷光が一筋降ったのでした

君にとって
あの子からの手紙は
過去を思い出させる
鮮やかで切ない絵のようなものである
一文字一文字に
涙を感じて
君は
時にどうしようもなく
あの頃に戻りたくなる

きっとあの子は
そんな情けない君に気付いて
数分後
ありえないベストタイミングで
電話をかけてくる
(どうしても君を泣かせたい
らしい)

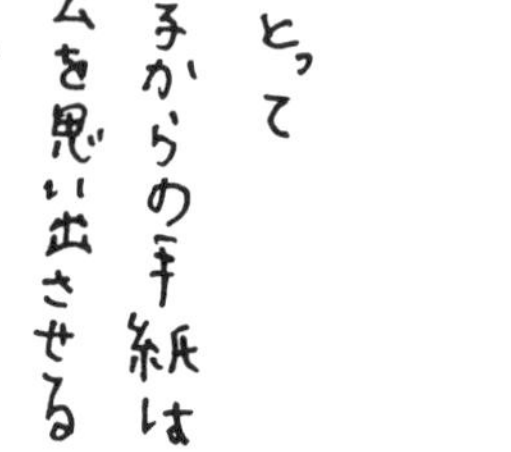

ヒマな日

今日会うのは
どうしても
貴方がよかったんだ
アナタでなくちゃ
駄目だったんだ

天気もいいし
一人ぼっちをつれて
とにかく外に出ようかね

そうしよう　そうしよう　そうしよう

消　失

やさしかった君がカゼをひいた
涙目でうずくまる君

「寂しい」なんて
何年ぶりに口にしたの？
ほてる体でしがみついた君は
すこしがんばりすぎたみたいで
理《わ》由《け》なんて考えずに
涙を流したんだ

立ち上がるのがこわい　と
寝言のようにつぶやいて
君は目をつぶる
「ねむいの？」とたずねる僕に
「汚れた世界を拒んでる」なんて言って
少し笑った君のおでこは
異様なまでに熱くて・・・

ようやく眠りを手に入れた君を見ながら
その夜　僕は
君を愛しいと思うと同時に
何故だろう　ひどくゾッとした

転んで泣いたこともあったね
だけど君はいつも
誰かが手を差し出す前に立ち上がり
上手いこと笑ってみんなを安心させてた
そんな君の強くしたたかな性格は
大きくなった今でも変わってなくて
私といえば
その笑顔とは裏腹な
乾ききれない涙見たくて
恥ずかしながら
ずっと君のこと 目で追っていたよ

その傷口をかばっている手を離して
いたみを怖がらないで
誰かにまた傷口をいためつけられたとしても
きっとまた
同じ傷を持つ誰かが
君を見つけてくれるから

そんな クサイ言葉
心の中で噛みつぶしながら

君がまだ小さかった頃
一度だけ転んで立ち上がらなかった
なんてことないかすり傷手でおおって
いつまでも泣いていたよね
そんな情けなくてカワイイ君を
抱きしめた君のママの腕の感触とか
抱きしめられた君の
2倍になった泣き声とか
思うたび
私は君をムチャクチャに抱きしめて
叫びたくなる

君の流しきれない涙は
本当は本当にきれいで
人を遠ざけるなんて
恐れをなす必要
一切なし!

だけどきっと君は
必死な私を見たら
いつもみたいに
鼻で笑うだろうから
絶対に言ってやんないんだけどね

たいせつ。

大切なモノを　見失わずに
大切なコトを　忘れずに
大切な人を　傷つけずに
生きてゆけたら

パーフェクト。

だけど　私ときたら
何度も 何度も
見失って
忘れて
傷つける
そのたんび
一生けんめい探して
必死で思い出して
できるだけ 優しくなろうとする
とても効率は悪いのだけど
それでいいんだと思う
それがいいんだと思う

うらがえしのうらがえし

私 アンタなんか
絶対 好きになんか
なってやんないんだから

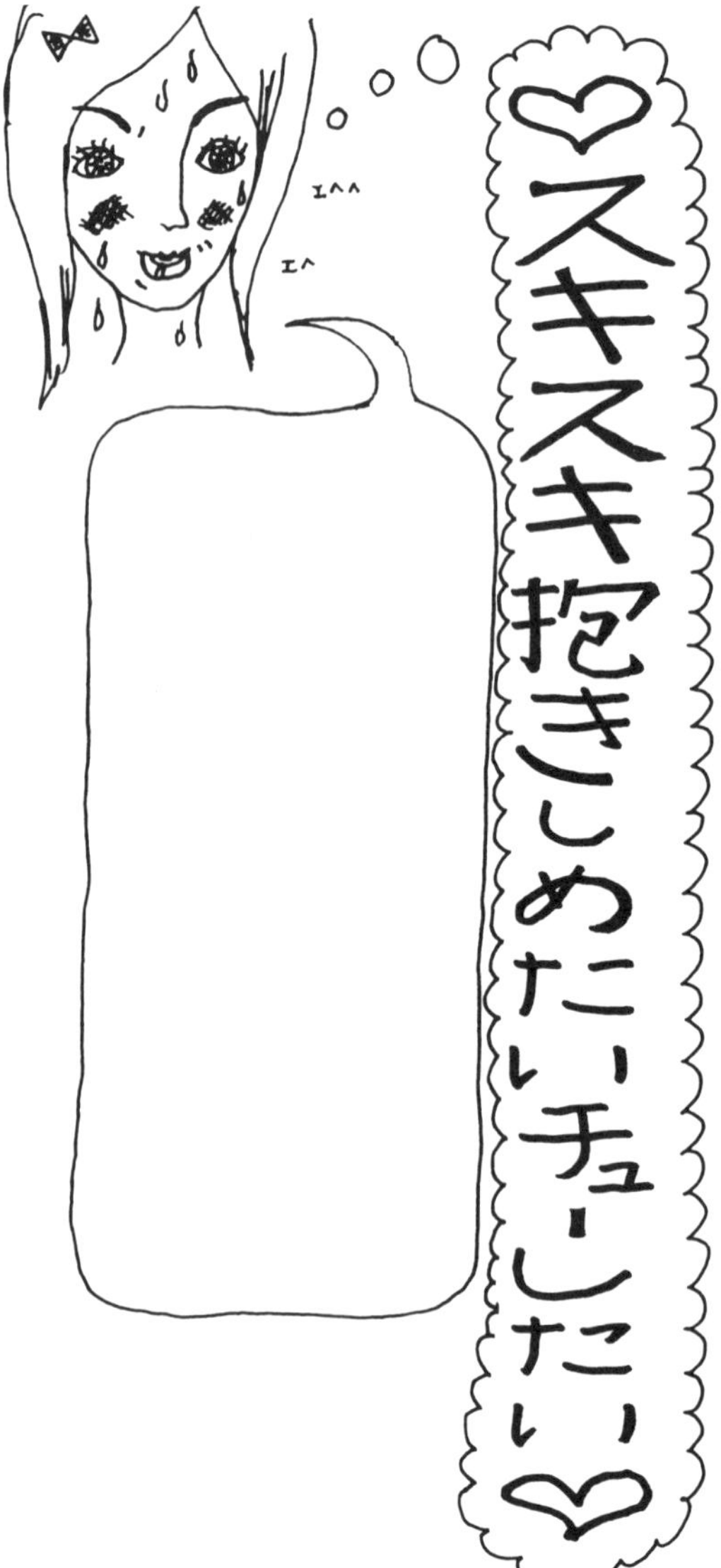
♡スキスキ抱きしめたいチューしたい♡
エへへ
エへ

タイトル

朝がきた

あぁ
もうそろそろ
私もここらへんで
空でも見てみようかな
極致　凡庸の極致
カーテンの閉めきられた私の部屋
いいかげん
布団はねあげ起き上がるときが
きた

$x=\frac{-b\pm\sqrt{b^2-4ac}}{2a}$　$x=a^2\pm2ab\pm b^2$

$a=3\quad b=-2$

$x=3^2\pm2(3\times-2)\pm2^2$

$=9\pm(-12)\pm4$

$=7,17$??

$(a+b)^2=a^2+2ab+b^2$

とりあえず今やんなきゃいけないこと

夜はさみしい
だから早めに眠ろう
そして幸せな夢を見よう
起きて現実に苦しもう
昼の日差しを待ちわびよう
夕方の美しい情景に期待しよう
とにかく
・・・・・
さみしい夜の一秒前までは
さみしがるのはよそう
ぐっすり眠った朝方に
幸せな夢に出会うために

$\sin\alpha\cos\beta=\frac{1}{2}\{\sin$

a^2+b^2　$\sqrt{\frac{1}{2}x^2}+\sqrt{5^2}$　$+\sin(\alpha+\beta$

$\sin2a=2\sin a\cos a$

$\cos2a=\cos^2a-\sin^2a=1-2\sin^2a$

$=2\cos^2a-1$

have you ever been to any country?

he is my boy friend.

she is my best friend.

S V O C

swim - swam - swum

think - thought - thought

I - my - me

you - your - you

♡ジョニー♡
心の中の恋人は
別れることもなく
Hをするワケでもなく
ただ子供みたく
やわらかく手をつなぐだけ
彼に出会うたび
変わらないドキドキを味わう
永遠の片思い
秘密の両思い

don't you think so?

don't you think so?

○○高校卒業生の思う青春

Ⓐ 好きな人がとなりにいたこと
愛せなくて離れたこと

Ⓑ 星空の下遊び疲れた日々
眠れなくて一人迎えた朝日

Ⓒ 言えなかったあの日の恋心
言わなかったいつか知る別れ道

Ⓓ 同じ毎日にウンザリしていた私
今恋焦がれるのはあの頃の毎日

それは時に私達に優しくよりそい
永遠じゃないものの美しさ
悲しみと共に私に教えた
同じ場所から見る景色が
違って見えるのは
大人ぶる私の少し高いかかとのせいで
素足でただ走りぬけた頃の傷跡
隠しながらいたみに泣いている
本当は戻りたいのに

(E) 大好きだったあの場所に
もう一度戻れるよう生きよう

(F) いたすぎてあきらめた恋を
今ならいたみごと好きになれる

(G) 言葉なくして泣き暮れた日々が
言葉なくして通じ合えること教え

(H) 何気なくおくっていた生活が
何よりも大切だった

それは私から悲しく離れて
永遠であるものを探すこと
忘れないで、と何度も言った
あの場所へ戻る時が
いつかやってきて
大人になった私の背丈は
少し高いけれど
きっとあの頃
素足で感じた焼けるようなその温度は
今だに私達を暖めつづけてる
いつだって戻れるから

こんな〜かんじではじまる

ラリーポップ♥はじけて キラキラ♥♥リリー ピッピ。

思い浮かべて ドキドキ 真っ赤なクセに びっくりする程 透明で 胸の中 コロコロコロコロ 転がるから 私はもう アナタを好きでしかたなくなる

ここに スキな人の
写真を貼ると
両想いに
なれるか
なれないか。

大好きな友達がいる
恋人ができても
夢ばかり追いかけていても
口に出して言わなくても
そばにいられなくても
泣いても　笑っても　怒っても
私には友達がいる

たとえば真赤に熟れたりンゴ
空腹の私達は見つめてる
素直に均等に分け合うのか
それとも一口ずつかじるのか
話し合ってるそのスキに
欲張りな仲良しが
食っちまった

一人は泣き
一人は怒り
一人は力なく笑った

残った小さな小さな
小さな種を
もう一度土に埋めて
出るか出ないかわからない芽
心待ちにする
素敵な友達が私にはいる

君の生のしるしを夢うつつ

横目で見ながら眠りにつく

この幸せ

へそ

へそ

へそ

裸の君

つるりとしたお腹

君のへそ

おやすみ

おへそ

そそそ…

汚れて生きてきたことは
決して恥ずかしいことじゃなくて
きれいなフリして生きてるあのお方を
うらやましがることが恥ずかしい
アナタの
涙を流しもがき苦しんだ時間は後悔じゃないし
幸せなフリして生きぬいてきたこと
それもまた素晴らしい
これから先アナタがどう転ぼうとも
今日があるし
明日はやってくる

私はここから
電車に乗って2時間の
地上に程近い天空の町に生まれた
薄く透き通った空気と
手が届きそうな濃い青色の空
それが全てであって
私は当たり前のように私であって
誰以上でも 誰以下でもなかった

私はそこから
電車に乗って2時間の
天空に程近い地上に降り立ち
濃厚な空気を吸い
淡く白んだ空を見上げる
それが全てと呼べる地平線も見えないまま
誰以上だとか誰以下だとか人は言いたがるけど
私はせめてそんなことより
当たり前のように私であることだけを
ただそれだけを思う

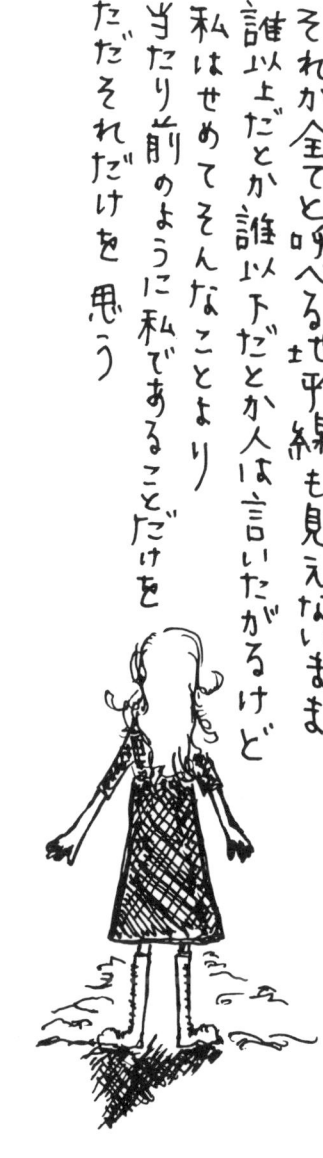

泣けば泣く程
鼓動は痛いまでに高鳴るので
私はこの
罪のない体のために
明日は笑ってあげようと
思う。

凹《へこ》みさがし

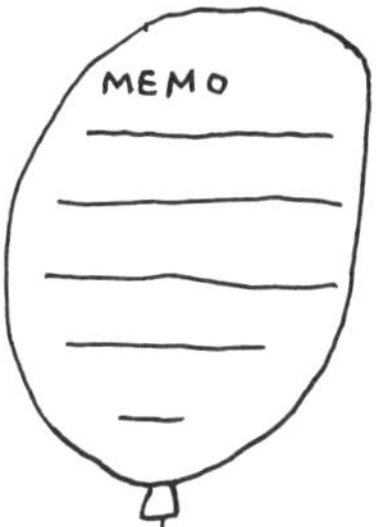

アナタが凹《へこ》んでしまっては
せっかくのなめらかな居場所
でさえ
それはもう台なしになってしまう
そう 凸 ←こんな感じ
頭一つ分 飛び出て見える
そのやんちゃな生き方が
ようやく
このつまらない大±世に
ぴったりくる

たとえ世界が著しく
その姿を変える日が来たとしても
アナタは アナタ
その事実は
神様にだって変えられない
素晴しき偶然
誇るべき 必然

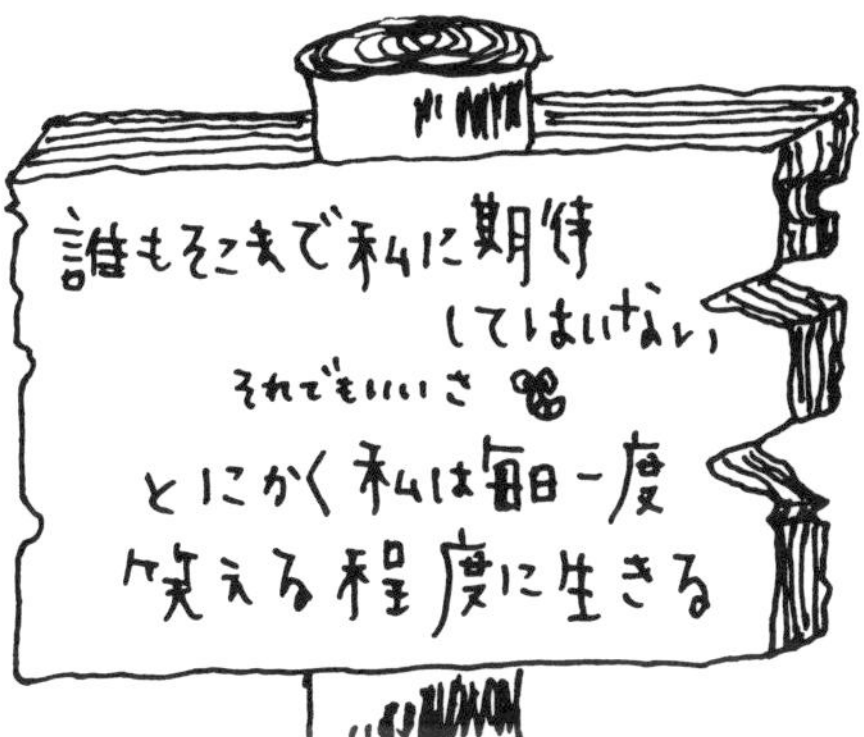
誰もそこまで私に期待
してはいない
それでもいいさ
とにかく私は毎日一度
笑える程度に生きる

「明日は明るいよ」
そういった彼女は
一寸先にある　まだ見えない悲しみを知っていた
「負けないよ」
答えた彼は
彼女の抱えていた微量の悲しみに気付いていなかった
ただいつまでもだらしなくつづく
目の前の平坦な道
2人で歩いて行くことだけが彼の夢だった
彼女の抱えていた夢の大きさが
やがて彼の存在をかき消してゆく

彼は「一人が怖い」と泣いた彼女の
弱々しくも美しい瞳を懐かしんで
いつか2人で歩いた静かな道
一人で歩いてみる

完璧な道
小石一つ落ちていないアスファルトの道
彼に迷いはない
目の前の平坦な道を誰かと2人歩いてゆくこと

それが　彼の夢

ある、無鉄砲な男の残した手紙から・・・

もしも今
君がそこで生きようと思っているのなら
ユラユラ迷子の気分で
このでっかい惑星を歩くことしか知らない
僕だけど
ライターの小さな炎と
書けなくなったボールペン握って
探しにいくよ
光見失った君を
生き急ぐ君を

そして僕は君に出会って大きな紙広げる
いくらでも書いてやる
真白なインク走らせて
君のための地図 君にしかたどりつけない宝のありか記して
君がもし笑顔うかべて歩きだしたなら
僕は最後にこう言うよ
君の背中届くほどの大声はり上げて
「君がいたからここまでこれたんだ
ありがとう」

考えれば考える程 何もわからなくなるような日は 考えても 考えて わからないから 考えないでおこう そう考える ➡

今日はどうやら
能天気に優しい
君に会いたい日

静かなる君の
淡々と日々をつむぎ出す
けな気なその姿

心動音

キュッとなる　車にひかれた猫の死体

雪降る日のホームレスの素足

キュッとなる　母親のうたたね

風邪っぴき父親の出勤姿

キュッとなる　アナタがさり気なく車道側を歩くとき

視線の高さにしっかりとした肩が見えたとき

キュッとなる　君がステージに立っているコンサート

ウィンドウ越しに見る髪を切る君の姿

キュッとなる　春と夏と秋と冬がくり返すという事実

「はじめまして」と「さよなら」の交錯する現実

ギュッとなる　今 私が

アナタが

ここにいるということ

心にひびく
あのウタは
あの 2度と戻りたくない日々に
流れていた
泣きそうになる このウタは
あの 死ぬ程幸せだった日々に
流れていた

相対性理論

日々生きてゆく中で
彼は彼女の心を
大きく揺さぶる

退屈な彼女の毎日に
心からの笑顔で彼は答える

疲れて冷めた瞳むける彼女に
彼はそのまっすぐな眼差しから
彼女に「素直」を教える

彼は時に
未熟で物足りない
優しさ故に何もうたがわない
不完全だとなげく
彼女のずるさに簡単に傷つく

"したたか"という言葉が
ぴったりな彼女は
一生かかっても彼の理解者には
なれないと言う

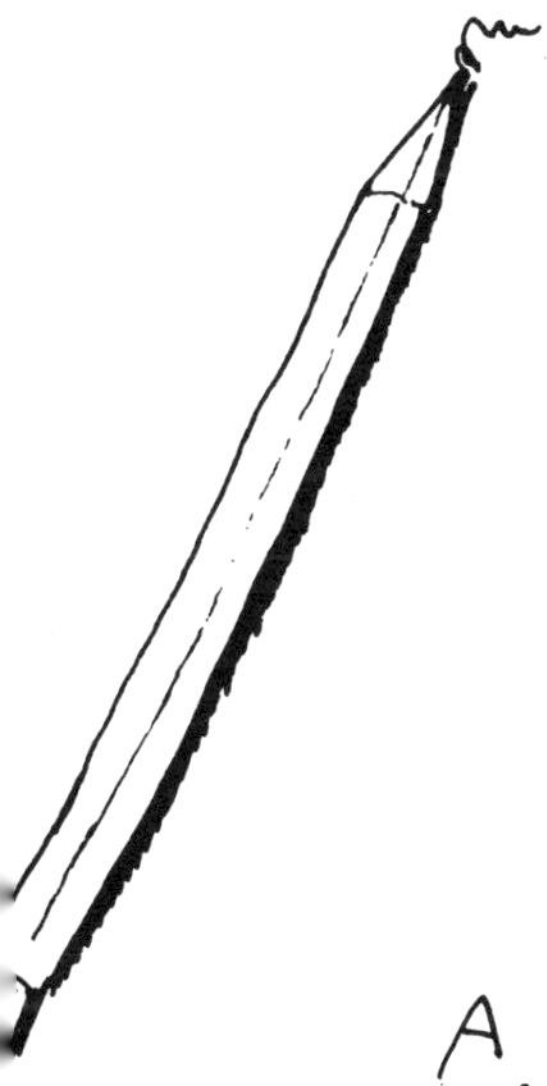

しかし まぎれもない事実

A. 彼女は彼といるとホッとする

私は偉い人にはなれない

転ばぬ先の杖よりも
転んだあとのばんそうこう

負けるが勝ちと 言うよりも
負けても 勝ちの プラス思考

カホウは寝て待てなんて言われるより
財宝の眠るありか記した地図を渡された
方がいいし

エビで鯛を釣るまで糸をたれているよりは
私は今夜 エビフライが食べたい

私はきっと 偉い人にはなれない

強がりと嫌味をこめた歌

君と会うことをしなくなってから
知らない間にずいぶんと時が流れたよ
当たり前だった安心感を捨てて
僕は今一人ここにいるよ
君の髪が 瞳が 唇《くちびる》が
愛しいと思う
その思いはそのままなのに
なぜだろう
僕はもう
君の顔すら思い出せないでいるよ

ありがとう 大丈夫
僕にはまだ
残された時間があるから
にじむ血を吸いこみ
なめあげて
歩いてゆくよ
ゆっくりとした速度で

お願いだから
傷つけないで
楽しかった　あの日々までをも
ないがしろにしてしまうような
アホくさい「さようなら」なんて
私は聞きたくない

ねぇねぇ
私今頼んだっけ？
どうして今
アナタは私の思い通りに
笑ってくれたのかしら？

何か新しいモノ見て刺激を得たいが
ことごとくお金がない時

こうやって歩いてみる

鏡に天井を映しながら
歩いてみる

股の間から
スキな人を見てみる

ついでに告白してみる

つまりちょっと角度を変えて物事をみてみる

遠く離れているアナタを

理解するフリはできたし

もしも手をつなげたら

きっとわかりあえる

だけど今

中途半端な距離保とうとしてる

アナタの気持ちが

まったくわかんない

暗闇の中月を見た
無数に光る 星を見た
火傷しそうな朝焼けも 心がほころびて
しまいそうな夕焼けも
いつも君と見ていた
君が生きている そんなとても小さな運命が
僕にとって どれ程の価値であったかということ

君は 君は 君は
一体これから先
どれ程の人と出会い別れてゆくのだろう
君がたくさん笑っていけるのなら
時に流す涙を拾い集めてくれる
誰か見つけるのなら
忘れてもいいから
僕と過ごした日々のこと

バイバイ
こんにちは
どうぞよろしく
君に会えたからには
僕はためらうことなく
生きようと思うよ
たくさんの言葉達つれて
走ろうと思っているよ

君が笑うためには

思いきり泣けるためには

あとがき

　真実。私は今までどれ程の真実を葬り去ってきたのでしょう。私は私自身に嘘をつき、感情とはまったく裏腹な言葉を巧みに用いて日々を送ってきました。それら偽りの感情は私の口から出た途端、もう一つの真実となって、私の私らしさを彩るのです。そして誰にも聞き取られることのなかった私の内の真実は、燻りながらも燃え上がれずに消えていきます。誰の心をも暖めることなく消えていきます。

　真実はあまりに単純で、幼稚で、とても誰かに伝えられるような代物ではありませんでした。その上ひどく弱々しく、女々しく、容易に傷つく自分の姿がそこにありました。

　成長し、淡々と笑いながら日々を送る外見《そとみ》の私に対して、その内の部分は長い間汚点と印され心の奥底に追いやられていたような気がします。しかし、月日を経て私はたくさんの人々と出会い、時に考えなしに笑ったり、泣いたりすることを知り、私が誰かのために発した真実も、誰のためにもならない内なるか弱い真実も、一人の人間の紡ぎ出したたった一つの真実として当たり前のように受け入れてくれる人間もまた、この世に存在するのだと今さらながらにわかったのです。

歩み寄ること。大切な人の気持ちを大切に扱うように、駄目な自分もまた大切にしてあげること。それが私がこの本を創る上で自分に言い聞かせ続けてきた思いです。稚拙な言葉たちも、重苦しいまでのメッセージも全てが真実であり、等身大の私です。

だからこそ、私はアナタを救うだとか助けるだなんてそんな大それたことはできるはずもなく、ただただこの本を手に取り、私と向き合ってくれたアナタに感謝の気持ちでいっぱいなのです。

口をついて出る言葉はいつだって、本当に伝えたい思いを憎たらしくねじ曲げて、複雑で大人びた響きを含んでしまう。

ありがとう

ありがとう

ありがとう

「君がいたから、私はここまでこれたんだ」

私はアナタにそれだけを伝えたい。ただそれだけを。

著者プロフィール

雛子森（ひなこもり）

1981年長野県生まれ。21歳。
現在東京都在住の大学生。

凹《へこ》みさがし

2002年10月15日　初版第1刷発行

著　者　雛子森
発行者　瓜谷 綱延
発行所　株式会社 文芸社
〒160-0022　東京都新宿区新宿1-10-1
電話　03-5369-3060（編集）
03-5369-2299（販売）
振替　00190-8-728265

印刷所　図書印刷株式会社

ISBN4-8355-4556-7 C0092